CHANTS ET SOUPIRS

Par Michel CAMIER

LYON

IMPRIMERIE DE FÉLIX GIRARD

Rue Saint-Dominique, 15

—

1867

CHANTS ET SOUPIRS

CHANTS ET SOUPIRS

PAR MICHEL CAMIER

LYON

IMPRIMERIE DE FÉLIX GIRARD

Rue Saint-Dominique, 15

—

1867

PRÉFACE.

Au milieu des agitations de ce siècle, nous
avons vu éclore une poésie intime, puisée aux
sources les plus pures de l'âme humaine.

Elle respire une espèce de vie, de feu sacré,
qui communique aux mots les plus simples une
aimable et fraîche douceur ou une force prodi-
gieuse et sublime.

Nos poètes chrétiens ont su la trouver dans leur
croyance religieuse. Si parfois quelques uns sont
tombés dans de vagues rêveries, dans un idéa-
lisme nuageux et presque sceptique, on peut
dire en général qu'il y a longtemps que le cœur

humain n'avait fait entendre de pareils accents et n'avait versé de pareilles larmes.

Le christianisme, en les inspirant, a donné à leurs pensées une telle grandeur et à leurs sentiments une telle noblesse, que la forme destinée à les revêtir n'a plus été qu'un accessoire.

Ainsi la vie du poète est devenue plus que jamais un suave cantique, un hymme d'amour; c'est le luth qui gémit, la harpe qui soupire.

Le poète chrétien est comme l'écho qui réfléchit et répète tous les cris de joie ou de douleur jetés par le monde; seulement, en les faisant passer au foyer de son âme, il les épure. Il fait une vertu du malheur trop souvent mérité, et, en face du vil intérêt qui divise les hommes, il chante les bienfaits de la paix, la beauté du dévouement et du sacrifice; il place l'espérance au fond de la coupe amère, et la charité debout au chevet du malade ou dans l'humble demeure du pauvre.

CHANTS ET SOUPIRS

LIVRE PREMIER

I

LES MILLE VOIX DE LA NATURE.

La fleur a son parfum et l'oiseau sa chanson,
Le sud a les autans et le nord l'aquilon ;
Sur des modes divers s'exhale la nature
En soupirs, en sanglots, en un vague murmure.
Ici-bas l'on entend partout un cri plaintif,
Un langage secret, mystérieux, craintif,

Qui, de la terre au ciel, toujours monte et s'élève,
Comme un triste concert qui jamais ne s'achève.
C'est un refrain chanté par mille et mille voix,
Un cantique sans fin s'élançant à la fois
Des flots de l'océan ou des hautes montagnes,
Des épaisses forêts ou des vertes campagnes :
Un hymne répété dans ce vaste univers,
Sur les glaces du pôle, au milieu des déserts,
Aux rivages peuplés de cités opulentes,
Aux champs qui voient errer des tribus indolentes,
Sous les cieux embaumés de verdure et de fleurs,
Sur les sables brûlants irisés de couleurs.

Jamais ne s'interrompt cette plainte unanime ;
C'est comme la prière incessante et sublime
Qu'à leur Dieu créateur, pour marquer leur amour,
Tous les êtres créés adressent chaque jour.

Le silence des nuits a sa douce harmonie ;
Les astres voyageurs ont une symphonie ;
Les vallons agités au souffle des zéphyrs
Ont un chant qui ressemble à d'amoureux soupirs.
Des torrents écumeux les ondes vagabondes
Mugissent en roulant vers les plaines fécondes ;

Des bosquets et des bois s'échappe un bruit confus.
La cascade frémit sous les saules touffus.
Au lever du soleil, la gentille fauvette,
Prenant son vol léger, redit sa chansonnette ;
L'aigle quitte son aire, et, fixant son regard
Sur un disque de feu, jette son cri hagard.
Quand l'éclair précurseur a sillonné la nue,
La foudre avec fracas gronde dans l'étendue,
Et l'écho, réveillé dans les antres profonds,
A de sourdes clameurs, d'épouvantables sons.

Il semble qu'aux lueurs de l'aube matinale,
Ou le soir quand la lune a des reflets d'opale,
Il semble ouïr au loin de singuliers accords,
Un mélange de pleurs, de rires, de transports,
D'accents mélodieux, de notes sans pareilles,
Qui viennent doucement résonner aux oreilles ;
Musique qu'on dirait jaillir du luth divin,
Ou de la harpe d'or d'un brûlant séraphin,
Et descendre, affaiblie, incertaine, voilée,
Jusqu'en ces régions où l'âme est exilée ;
Musique de l'Eden, dont l'aimable douceur,
En reposant les sens, épanouit le cœur,
Captive la pensée et soudain la feconde,
La transporte rêveuse au-delà de ce monde,

1.

Vers ce but tant cherché que l'on ne peut saisir
Et qui s'enfuit sans cesse au-devant du désir,
Vers ce foyer intime en qui tout se concentre,
Et qui de toute chose est le terme et le centre.

II

QU'EST-CE QUE L'AMOUR ?

L'amour ne serait-il qu'un rêve,
Qu'un songe qui s'évanouit,
Qu'une tempête qui s'élève,
Qu'un plaisir dont l'homme jouit ?

Oh ! non... L'amour est une flamme
Qui s'échappa du sein de Dieu
Pour brûler dans un cœur de femme,
Comme l'encens brûle au saint lieu.

C'est un doux rayon de lumière
Révélant un monde nouveau
A la pensée heureuse et fière
D'avoir un horizon si beau.

L'amour, c'est un besoin de vivre,
De confondre deux volontés
Dans un même but à poursuivre,
Dans les mêmes intimités.

C'est ce sentiment qui nous pousse
A nous unir par un lien
Rendant l'existence plus douce,
Moins rude le sentier du bien.

L'amour, c'est l'hymne de la vie,
Que la voix pleine de douceur
D'une âme en extase ravie
Vient chanter à l'âme sa sœur ;

Un livre où les pages écloses
Ont un parfum délicieux,
Un poème où l'on dit des choses
Qui n'ont d'échos que dans les cieux.

III

A LA NUIT SOMBRE.

Nuit profonde et solitaire,
Dont nul rayon indiscret
Ne pénètre le mystère
Et ne sonde le secret;
Image peu rassurante,
Pleine d'horreur, d'épouvante,
De ce terrible sommeil
Où la nature succombe,
Qu'on va dormir dans la tombe,
Et qui n'a plus de réveil.

Nuit sombre, tu nous rappelles
Un pénible souvenir,
Que les hommes infidèles
Loin d'eux cherchent à bannir:

Et Dieu, comme un baume immense,
Te jeta, dans sa clémence,
Sur la masse des douleurs,
Et ton sein devint l'asile
Ouvert à l'âme docile
Pour y répandre ses pleurs.

C'est là qu'elle se recueille
En déroulant du passé
Le livre où feuille par feuille
Son sort se trouve tracé ;
C'est là que son regard plonge,
Sous l'illusion d'un songe,
Dans un avenir lointain,
Qu'elle vogue en espérance,
Avide de jouissance,
Du certain à l'incertain.

Au milieu de tes ténèbres,
Ainsi que dans un cercueil,
Avec ses crêpes funèbres
S'isole l'amour en deuil.
De ses larmes il s'abreuve,
Mais en face de l'épreuve
On ne le voit point faillir ;

Lui-même étanche à mesure
Le sang qui de sa blessure
S'efforce de rejaillir.

O nuit si majestueuse,
Où des légions d'esprits,
Dans leur course impétueuse,
Errent comme des proscrits ;
Demeure des noirs fantômes,
Des sylphides et des gnômes
Qui volent en tourbillons,
Tu ressembles à l'Erèbe,
Ce lieu qu'habite la plèbe
De l'empire des démons.

La nuit, après une orgie,
Des danses et des combats,
Evoqué par la magie,
Satan ouvre ses sabbats.
Autour d'un feu qui pétille
La bande noire sautille
Dans le fond d'une forêt ;
A minuit, l'heure funeste,
Accourant joyeux et leste,
Le roi des enfers paraît.

Nuit doublement effroyable,
Où l'on meurt de désespoir,
Où le tyran redoutable
Abuse de son pouvoir,
Ton obscurité sinistre
Sous le silence enregistre
Mille drames déchirants ;
Tu n'es qu'un affreux repaire
Où le tigre et le sicaire,
Promènent leurs pas errants.

Ta solitude déserte
Cache le conspirateur,
Qui sous ton voile concerte
Un complot dévastateur.
Un antre sert de refuge
Au club franc-maçon qui juge
Les actes des potentats,
Et le conciliabule
Dans la nuit pèse et calcule
La fortune des Etats.

Dédale de la pensée,
Qui, d'un élan soutenu,
A l'aventure lancée,

Voyage vers l'inconnu,
Nul horizon ne l'arrête ;
Ton immensité lui prête
Un champ propice, aplani ;
Elle cherche, elle s'égare,
Et l'infini la sépare,
Sans cesse de l'infini.

O nuit que l'éclair sillonne
En longues zônes de feux,
Quand la vague tourbillonne
Sur l'océan orageux ;
Nuit, voluptueux empire
De cette foule en délire
Que l'Alcazar voit valser,
Quelle plume assez féconde
Et quelle humeur vagabonde
Te suivraient sans se lasser ?

IV

A UN MISSIONNAIRE.

Pour porter l'Evangile
Aux rivages lointains,
Frère, ton cœur docile
Suit l'exemple des saints.

Comme eux rien ne t'arrête ;
Soumis jusqu'à la mort,
Tu sais qu'à la tempête
Doit succéder le port.

Il est doux-le-calice,
Quand il vient du Seigneur ;
C'est dans le sacrifice
Qu'on trouve le bonheur.

Frère, tu pars sans crainte,
Appuyé sur la croix ;
Par sa volonté sainte,
Jésus fixe ton choix.

Qu'on appelle folie
Ce courage chrétien,
Que le monde t'oublie,
Dieu reste ton soutien.

V

LE LION DE NUMIDIE.

I

Il a jeté sa voix, le fier lion, ce soir...
Ainsi le son du cor roule dans les campagnes
De la tour du manoir,
Et franchit les montagnes ;

Ainsi d'un haut sommet le torrent bondissant,
    Sur les rocs de l'abîme,
    Ecrase en mugissant
    La fureur qui l'anime.

Il a jeté sa voix, le sultan du désert;
Un silence profond, à sa voix de concert,
    Partout répand l'alarme.
    Le Kabyle a frémi ;
    Mais, la main sur son arme,
Gérard court arrêter l'invisible ennemi.

    Et la famille errante,
    Qui par deux fois trembla,
    Se presse sous la tente
    En invoquant Allah.

    Dans son ardeur craintive,
    Est réduite aux abois
    La troupe fugitive
    Des gazelles des bois.

    Et leur instinct docile
    Aux troupeaux confondus
    Fait chercher un asile
    Sous les figuiers touffus.

Comme d'effroi palpite
Le plus timide agneau,
D'une horreur insolite
Frissonne le taureau.

Et le coursier chancelle
Devant ces cris de mort,
Comme la tourterelle
Que l'oiseleur endort.

II

Le lion, dans sa marche annonçant sa victoire,
Redit de ses hauts faits l'épouvantable histoire :
« Lorsque, par une soif de vengeance et de sang,
A cette heure où l'étoile étincelle à son rang,
Où s'endort la nature, à l'heure où les ténèbres
Couvrent l'immensité de leurs voiles funèbres,
Il bondit au douar...
               Effrayante est la nuit!...
Tel un antre où jamais le soleil ne reluit...
Sa langue est desséchée et son regard avide ;
Il s'arrête un instant, mais un lingot perfide,
Par un tube lancé, pénètre dans ses chairs.

Le signal du carnage éclate dans les airs ;
Il bondit de fureur...

                Les tentes déchirées
Laissent à sa merci des tribus éplorées ;
L'Arabe frémissant succombe ensanglanté,
Le père sur son fils au chacal est jeté,
Et des corps palpitants sont épars dans la plaine.
Des membres dispersés baignent de sang l'arène.
A l'immonde festin déjà des alentours
S'empressent d'accourir hyènes et vautours...
Mais soudain de guerriers que la rage électrise
Un épais bataillon dans l'ombre s'organise ;
Ils s'avancent serrés, par un feu vigoureux
Veulent anéantir l'ennemi dangereux ;
Un seul bond les dissipe, et sur le sol couchée,
Leur troupe disparaît comme l'herbe fauchée. »

III

     Ainsi, dans les guérets
     Précipitant sa course,
     Le vieux roi des forêts,
     Qui du Nil vit la source,
     En rugissant au loin

Parsème l'épouvante,
Et, de ses cris témoin,
Gérard frémit d'attente.

D'un combat inégal,
Homme, ton sort fatal
T'impose-t-il l'issue ?
Tes efforts seront vains :
D'Hercule la massue
Est-elle dans tes mains ?

Rivalisant d'audace,
Se mesurant des yeux,
C'est l'heure, ils sont en face ;
Tout est silencieux...

Quoi ! le chasseur frissonne,
Son courage est glacé...
Non, une arme détonne,
Et le lion blessé
Tombe, inondant le sol de son sang qui bouillone.

IV

Sa crinière, un instant hérissée au combat,
Livre au vent les replis de ses boucles soyeuses,

Et la brise s'ébat
A soulever sans bruit leurs touffes onduleuses.

Il est encore fier, son regard plein d'orgueil;
On dirait un écueil
Qu'à recouvrir d'écume,
Au sein de l'Océan, la vague se consume.

Une large blessure a sillonné son front,
Et lui qui devançait le léopard agile,
Et lui qui fut si prompt,
Reste, atteint du trépas, froidement immobile.

VI

LA PAIX AU FOYER DOMESTIQUE.

I

Dans le cours de la vie il est des jours bénis,
Qui retrempent lees cœurs par des liens unis,
En ravivant leur flamme;
Des jours où l'horizon se montre à découvert,

Aimables oasis de l'aride désert
  Où végète notre âme.

Le cercle de famille alors s'épanouit,
Auprès du vieux foyer ensemble l'on jouit
  D'une même espérance;
L'avenir souriant étale ses attraits,
Le passé n'offre plus sa chaîne de regrets,
  Ses heures de souffrance.

Un amour mutuel fait régner l'union,
Et le bonheur commun avec effusion
  Se dilate et s'épanche;
Le cœur confie au cœur ses intimes désirs,
L'harmonie établit, loin de tous faux plaisirs,
  L'amitié la plus franche.

II

On dépose un baiser sur le front d'un enfant,
On mire son regard dans le regard touchant
  D'une épouse adorée;
Miroir que ne ternit aucun nuage obscur,
Il a l'éclat limpide et le reflet si pur
  De la lampe sacrée.

L'heureux père, en pressant sa fille sur son sein,
Agite sous ses doigts, caresse de la main
        Sa blonde chevelure ;
La mère dans ses bras berce son nouveau né,
Ce fils que lui prédit un rêve fortuné
        De favorable augure.

Un voile de pudeur, voile mystérieux,
Environne et dérobe à de profanes yeux
        La couche nuptiale ;
Le serment de s'aimer, qui fut fait à l'autel,
Est devenu le nœud ou le gage immortel
        De la foi conjugale.

VII

LES DERNIÈRES CONVULSIONS DU SIÈCLE.

LE SCEPTICISME MORAL.

I

Chrétiens, consolez-vous ; car le siècle s'écroule,
Tel qu'un rocher frappé par la foudre de Dieu,

Se détachant d'un mont, soudain s'affaisse et roule,
Sous ses coups redoublés faisant jaillir du feu ;

Ou bien tel qu'un torrent dont le lit se dessèche,
Enflé pendant la nuit, entraîne dans ses flots
La cabane que couvre un peu de paille sèche,
Des villages entiers plongés dans le repos.

II

Le siècle va passer, parce qu'avant le terme
Ses fils veulent goûter la douceur de son fruit ;
Ils cherchent le bonheur, mais ce fruit ne renferme
Qu'un poison violent qui consume et détruit.

C'est une large coupe où leur raison se noie,
Où l'on boit la folie en riant de plaisir ;
Au délire bientôt ils deviennent en proie,
Pour eux plus de réveil, seulement un désir,

Un désir effrayant de jouir et de vivre,
Terrible passion que rien ne peut combler,
Mirage singulier qui les pousse à poursuivre
Une eau qui devant eux ne fait que reculer.

Leur existence alors se transforme en un rêve
Qui les séduit toujours sans jamais s'accomplir.
A demain, disent-ils ; et quand le jour s'achève,
Un vide s'est produit, il reste à le remplir.

Ce vide est une soif ardente, insatiable,
Allumée au milieu des sables du désert,
Comme un serpent de flamme, horrible, épouvantable,
Les pressant d'autant plus qu'ils en ont plus souffert.

III

Ainsi, lorsqu'ils croyaient posséder la science
Et proclamer les lois des éléments divers,
Lorsque, d'un Dieu trop bon lassant la patience,
Ils croyaient à leur gré gouverner l'univers [*],

Ce Dieu puissant et fort des tourments de Tantale
Est venu châtier leur téméraire orgueil ;
Et leurs pieds ont glissé sur la pente fatale
Qui mène de la vie aux ombres du cercueil.

[*] Racine.

Ils s'agitent en vain aux trompeuses amorces
Qu'à leurs yeux éblouis fait miroiter le sort ;
Dans leur cœur s'est éteint le foyer de leurs forces,
Ils sont déjà glacés par le froid de la mort.

Qu'ils appellent le mal l'œuvre de leur génie,
C'est Dieu seul qui permet les révolutions ;
Leur superbe courroux n'est que de l'agonie,
Et tous leurs vains efforts que des convulsions.

VIII

A L'ITALIE.

(Février 1859.*)

Bien qu'une cendre froide en recouvre la trace,
Jamais la liberté dans les cœurs ne s'efface ;
Un peuple ne s'éteint que pour renaître un jour.
Son réveil est brûlant de fièvre et d'héroïsme ;

* Il s'agit ici du triomphe de l'Italie sur la domination étrangère.

Mille bras sont armés contre le despotisme,
Et la patrie en deuil n'entend que cris d'amour.

Pour toi vient de sonner cette heure solennelle,
Le destin des combats au champ d'honneur t'appelle;
Noble Italie, il faut secouer ton sommeil.
Que le linceul de mort jeté sur ton histoire
Te serve de drapeau pour marcher à la gloire,
Que sur toi vienne enfin luire un nouveau soleil.

Voici la liberté qui rayonne et t'éclaire;
Salue avec transport cet astre tutélaire
Et convoque tes fils au baiser fraternel;
Que, généreux martyrs d'une cause si sainte,
Prêts à verser leur sang, ils volent tous sans crainte
Cueillir dans cette lutte un laurier immortel.

L'oppresseur a frémi, ton espoir le consterne;
Suis l'exemple donné par la Grèce moderne,
Ose comme ta sœur affronter le danger.
L'Helvétie autrefois, forte de son courage,
Défia de Gessler la fureur et la rage;
L'arc de Guillaume Tell suffit pour la venger.

L'Europe a tressailli d'un frisson d'espérance;
Unis à tes enfants, les soldats de la France.

Par un sublime élan, te prètent leur concours.
Tu seras triomphante, Italie opprimée,
O terre poétique, ô nation aimée !
Ton étoile éclipsée aux cieux reprend son cours.

IX

A L'HEURE DE LA DÉFECTION.

Laissez à l'âme rêveuse,
Que rien ne peut consoler,
Cette ombre mystérieuse
Dont elle aime à se voiler ;
Sa douce et fidèle image
N'était, hélas ! qu'un mirage
Qui vient de s'évanouir ;
Son illusion est morte,
Et le vent du soir l'emporte
Lorsqu'elle allait en jouir.

Laisse-la, seule et pensive,
De son poème touchant
Suivre la note plaintive,
Ecouter le dernier chant;
Elle sait que toute joie
Bientôt dans les pleurs se noie,
Qu'ainsi vivre c'est souffrir ;
Sa douleur est si profonde,
Que le regard qui la sonde
Ne saurait la découvrir.

Laissez-la sur elle-même
Lentement se replier :
Pour conjurer l'anathème,
Elle va s'humilier;
Car une force divine
Vient sur le front qui s'incline
Verser le calme et la paix ;
Car il est une lumière
Qui jaillit de la prière,
Et qui n'éblouit jamais.

Bien souvent l'homme s'abuse,
Aveuglé par son orgueil ;
La fortune qu'il accuse

Le pousse vers un écueil.
Fier de braver la tempête,
Il veut arriver au faîte,
Atteindre à de hauts sommets ;
Hélas ! cet esprit de lutte
Ne fait que hâter sa chute
Et lui créer des regrets.

Le courage se limite
Aux élans de la vertu,
Et sous l'honneur il s'abrite
Après avoir combattu.
Qu'autour de lui tout faiblisse,
Il avance dans la lice
Malgré la défection.
Qu'importe d'être victime,
Si le dévouement sublime
Est dans l'abnégation ?

X

AUX CŒURS LACHES.

O vous que le bonheur enivre,
Qui sentez le besoin de vivre,
Laissez le passé dans l'oubli.
Sur votre âme glissez l'éponge,
Et qu'il soit pour vous comme un songe,
Le temps désormais accompli.

Pourquoi regarder en arrière,
Puisque vous avez pour carrière
De marcher toujours en avant?
Plus d'un souvenir est funeste;
C'est parfois un remords qui reste,
Et qui vous ronge tout vivant.

Le visage couvert d'un masque,
Montrez-vous souple et non fantasque,

Dans la crainte de vous trahir ;
Chantez une chanson à boire,
Si le moindre accès d'humeur noire
Menace de vous envahir.

Puisqu'aucun serment ne vous coûte,
N'ayez jamais l'ombre d'un doute ;
Criez : Vive la vérité !
Que votre langue ne s'agite
Que pour vanter votre mérite,
Vos talents, votre loyauté.

S'il arrive qu'une voix dise :
« Cet homme manque de franchise,
Ce n'est qu'un lâche suborneur, »
Portez le front plus haut encore,
Et qu'un peu de sang le colore,
Surtout quand vous parlez d'honneur.

La vie est bien facile à prendre,
Pourvu qu'on sache se défendre
De tout sentiment de pitié ;
Qu'une vague mélancolie
Ne vous donne point la folie
Du courage ou de l'amitié.

Jouir, c'est là le grand problème
Qu'on doit se poser à soi-même ;
Et puisque vous l'avez compris,
Rampez jusqu'au seuil de la porte,
Mentez impunément : qu'importe ?
Il faut le résoudre à tout prix.

XI

LA CHARITÉ EN ACTION.

A OZANAM,

L'un des fondateurs de la Société de Saint-Vincent de Paul.

Pourquoi, vil mendiant, dépasser cette enceinte
Et venir obséder le riche de ta plainte ?
Vers ce seuil fortuné voltigent les plaisirs ;
Penses-tu qu'à tes cris sa pitié se réveille ?
Au sortir d'un festin, il est là qui sommeille ;
Comment entendrait-il la voix de tes soupirs ?

Si le malheur t'aigrit, si le besoin te presse,
Sache qu'en ce séjour ne règne qu'allégresse,
Que les rires joyeux ébranlent ces lambris ;
Sache, pauvre insensé, que l'or fait la noblesse,
Et que, si la fortune un matin vous délaisse,
Vous n'êtes désormais qu'un objet de mépris.

Du poids de ta misère aucun bras ne t'allége ;
Seule contre l'oubli l'opulence protége,
Avec elle on a droit d'oser et de jouir.
Paria sans amis, que le siècle bafoue,
Que la société pour enfant désavoue,
Tu sembles condamné doublement à souffrir.

Que dis-je? bien souvent dans l'ombre une main blanche,
Une femme pieuse, un cœur que l'amour penche,
Apporte au malheureux et l'aumône et l'espoir.
Qui n'a vu bien souvent, seul sous un toit de chaume,
Nouveau Samaritain versant l'huile et le baume,
Un jeune homme élégant s'arrêter et s'asseoir?

Nous l'avons vu : son front rayonnait d'espérance ;
Toute sa joie était d'adoucir la souffrance
Et de sécher les pleurs que l'orgueil fait verser,
Cet orgueil odieux que l'on nomme égoïsme,

Qui, de la charité brûlante d'héroïsme
Entravant les desseins, cherche à les renverser.

Ami du vrai progrès, des rêveurs d'utopies
Il ne partageait point les doctrines impies,
Edifices bâtis sur le sable mouvant ;
Sa croyance, puisée à des sources divines,
Brillait comme un rayon que du haut des collines,
Le matin, nous envoie un beau soleil levant.

Au grabat du mourant, à la triste mansarde,
Où le réformateur jamais ne se hasarde,
Impuissant à guérir les maux dont il se plaint,
Ozanam accourait, ainsi qu'un bon génie,
Consoler d'un vieillard la dernière agonie,
Réchauffer un foyer dans les larmes éteint.

XII

AUX ZOUAVES DE L'ARMÉE D'ITALIE.

(Juillet 1859.)

I

Allons, fils du désert, bondissez dans la plaine,
Entendez du canon le bruit et le fracas;
Le clairon a sonné, la charge vous entraîne,
    Courez au milieu des combats.

L'arme au poing, bondissez où l'honneur vous appelle :
Pour vous, vaincre ou mourir est la loi du destin.
Le zouave renaît de son sang qui ruisselle;
    A la gloire il s'ouvre un chemin.

En avant, bondissez; l'ennemi semble craindre,
Il hésite, il chancelle : hésiter, c'est faillir.
Un bond, encore un bond, et vous allez l'atteindre;
    D'effroi voyez-le tressaillir.

II

En ce moment terrible,
Sous un feu qui lês crible,
Une mêlée horrible
Rassemble ces guerriers ;
Leur ardeur noble et franche
Les jette à l'arme blanche,
Ainsi qu'une avalanche,
Aux assauts meurtriers.

Ils bondissent d'audace,
Et, marchant sur leur trace,
La mort cruelle entasse
De nombreux combattants.
Honneur à leur mémoire !
Ils dotent notre histoire
D'un beau nom de victoire
Qui vivra dans les temps.

De leur fougue brûlante
En vain l'ennemi tente
Par sa force imposante
D'arrêter les succès ;

Ce bataillon d'élite
Bientôt l'a mis en fuite,
Et vole à sa poursuite
Chantant des airs français.

III

Les hasards du combat viennent de se résoudre :
A nos vieux Africains le triomphe est acquis.
Des canons, des drapeaux tout parfumés de poudre,
Quel glorieux trophée en un moment conquis !

Le sol est recouvert d'une foule de braves ;
Sur de sanglants débris ils dorment affaissés.
Allons, trêve aux vaincus, et déjà nos zouaves
En frères, en amis, relèvent les blessés.

Magnanimes guerriers, des champs de Kabylie
Vos guidons ont flotté jusqu'aux bords du Volga;
De victoire en victoire au sein de l'Italie
Vous avez promené l'aigle de Magenta.

XIII

L'HOMME DÉVOYÉ.

Seigneur, vous m'avez frappé !
Votre main appesantie
Dans les larmes m'a trempé,
Ainsi qu'une faible hostie.
Je souffre... entendez mes cris.
Par de perfides ténèbres
Tous mes beaux jours assombris
Se changent en nuits funèbres.

Plein d'horreur est l'horizon
Où se repose ma vue :
Telle une obscure prison
Aux feux du jour inconnue.
Rien ne réjouit mes yeux;
Il n'a pour moi que des ombres,
L'astre qui vient radieux
Chasser les nuages sombres.

Pauvre voyageur perdu
Sur une plage lointaine,
Je vais troublé, confondu,
Hâtant ma course incertaine,
Dans les détours sinueux
D'une profonde vallée,
Ou les sentiers tortueux
D'une forêt isolée.

Semblable au triste alcyon
Qui vogue de rive en rive,
Du sud au septentrion,
Sur sa conque fugitive,
Le premier souffle venu
Enfle et dirige ma voile ;
Je n'ai point de port connu,
Au firmament point d'étoile.

Tandis qu'au sein du repos
Mes amis se réjouissent,
Je suis le jouet des flots
Et des vagues qui bondissent ;
Mon esprit ne peut chasser
L'illusion qui l'oppresse,

Et, sans jamais se fixer,
Ma pensée erre sans cesse.

Dans la joie et le bonheur
Pourtant me conçut ma mère,
Et je porte avec honneur
Le nom d'un vertueux père.
Seigneur, m'auriez-vous maudit?
Suspendez votre justice;
A genoux je vous ai dit
Mon tourment et mon supplice.

XIV

LA SŒUR DE CHARITÉ.

I

Comme ce vent brûlant, au souffle délétère,
Qui dessèche en son cours l'oasis solitaire
Et tout ce qu'il étreint avec ses bras de feu,
Ou comme l'aquilon surchargé de tempêtes,

Qui des cèdres altiers brise les hautes têtes,
Et de semer la mort se fait un cruel jeu ;

Déchaînant ici-bas sa fougue dévorante,
Le vent de la douleur, dans l'air qu'il ensanglante,
Décrit sans s'arrêter un cercle indéfini ;
Le temps presse sa marche uniforme et rapide,
La justice divine à son essor préside,
D'une vigueur nouvelle il est toujours muni.

Il passe menaçant, ainsi qu'un noir nuage ;
Mille calamités signalent son passage,
Mille maux après lui font de larges sillons ;
Et, fleuve impétueux débordé sur le monde,
Il parcourt l'univers, il renverse, il inonde,
Dans l'espace roulant ses flots, ses tourbillons.

Oui, ministre vengeur soulevé par nos crimes,
De son venin subtil nous sommes les victimes ;
Tour à tour nous tombons, sous ses coups immolés.
Pourquoi fuir ses baisers ou craindre ses morsures ?
Dieu nous voua-t-il pas aux peines les plus dures,
Et gémissons-nous pas sur la terre exilés ?

II

Non, non, ta bonté secourable
A consolé notre destin,
O Providence charitable,
Dont brille le pouvoir divin !
Par un acte d'amour immense
D'une éternelle horreur sauvés,
Dans l'abîme de ta clémence
Que de biens nous sont réservés !

Là se puise, utile richesse,
Tout noble sentiment du cœur,
Et l'homme, aux leçons de sagesse,
Là s'instruit devant le Seigneur.
Là s'accomplissent des prodiges,
Se forment le prêtre pieux,
Les martyrs aux sacrés vestiges,
Et le zélé religieux.

Mais entre ces faveurs nombreuses,
Entre ces bienfaits éclatants,
Que sur nous tes mains généreuses
Déversent dans l'ordre des temps,

Tu fis, par un heureux mélange
D'amour et de simplicité,
Eh quoi ! mon Dieu, peut-être un ange...
Oh ! non, la sœur de charité !

Qu'elle est belle avec sa devise
De servante des affligés !
Qu'elle plaît sous sa robe grise,
Méprisant nos vains préjugés,
Cette timide jeune fille
Qui se montre au pied de la croix,
Epouse, mère de famille,
Et vierge candide à la fois !

Qu'il est consolant le sourire
De son visage épanoui,
Et de quelle douceur s'inspire
Son regard calme et réjoui,
Quand flottent pour toute parure,
Sur son front orné de pudeur,
Les deux ailes de sa coiffure,
Emblème d'une sainte ardeur !

Ne dirait-on pas qu'à sa suite,
Nous ouvrant le chemin du ciel,

A marcher elle nous invite
Vers un but sublime et réel,
Lorsque, récitant son rosaire,
Elle s'en va, les yeux baissés,
Soulager l'affreuse misère
De nos parias délaissés ?

III

O sœur de charité ! ton dévouement modeste
Attendrit même ceux dont la fureur déteste
    Notre religion ;
A ta vertu sincère ils viennent rendre hommage,
Au loin avec respect proclament ton courage,
    Ton abnégation.

Femme de l'Evangile, ô touchante héroïne !
Vers toutes les douleurs ton noble cœur s'incline,
    Rien n'échappe à tes soins ;
De l'enfant sans appui, du vieillard sans asile,
De l'ouvrier souffrant, du moribond débile
    Tu préviens les besoins.

Quand sévit un fléau, tu consoles la terre ;
Tu ne crains point, parmi les horreurs de la guerre,

D'assister les blessés,
Et lorsque dans les airs un poison se dilate,
Tu prodigues, partout où la souffrance éclate,
Tes secours empressés.

Comme la lampe veille aux sacrés tabernacles,
Tu veilles jour et nuit, par d'incessants miracles,
Au lit du malheureux ;
Dans un séjour infect ton zèle te renferme,
Mais le Christ à son tour couronnera le terme
De tes travaux nombreux.

XV

A L'ÉGLISE.

(Imité des chœurs de Racine.)

Du cœur de tes enfants comment pouvoir bannir,
O terre de Sion ! ton triste souvenir ?

L'arche n'a plus d'oracles,
Plus d'éclatants miracles ;

Le ciel nous est fermé,
Et de la ville sainte
Des feux ont consumé
La vénérable enceinte.

Du cœur de tes enfants comment pouvoir bannir,
O terre de Sion ! ton triste souvenir ?

Tu vois couler nos larmes ;
Grand Dieu, qui les permis,
Frappe nos ennemis,
Dissipe nos alarmes.

De ces lieux pleins d'horreur, de ces lieux abhorrés,
Où des monstres pervers par la foule adorés
Contemplent à leurs pieds les nations esclaves,
Qu'ils montent, nos soupirs, jusqu'au trône divin,
Comme montent au ciel, odorants et suaves,
Les parfums de l'encens, les pleurs de l'orphelin.

Qu'ils montent d'ici-bas comme l'humble prière,
Récitée à genoux, le front dans la poussière.
Mais cessons de gémir : d'un cercle lumineux,
Dieu qui sondes les cœurs, ton regard nous entoure ;
Il n'est aucun repli si noir, si ténébreux,
Que ton œil ne parcoure.

L'homme juste a le ciel et sa vertu pour lui,
Et le Seigneur toujours sera son ferme appui.

    Du Seigneur la parole
    A créé l'univers.
    Le prier nous console
    Des plus affreux revers.

De merveilles sans nombre auteur incomparable,
La puissance des rois n'est qu'un néant profond
    Près du souffle fécond
De sa volonté sainte, à jamais adorable.

J'aurai, dit Jéhovah, pitié de l'innocent,
    Et du faible l'accent
Déchaînera mon bras sur la tête superbe.
Et le cèdre orgueilleux, de ses monts arraché,
    Disparaîtra fauché
    Comme la tige d'herbe.

XVI

A LA POLOGNE.

I

Sous la main d'un tyran tout un peuple agonise,
Et l'Europe, muette à ce suprême effort,
Par politique, attend qu'une dernière crise
De la Pologne enfin détermine le sort.

La lutte va finir, car demain les victimes
Manqueront aux bourreaux, et l'ordre rétabli *
Du Czar proclamera les vertus magnanimes
Et l'acte de justice en son règne accompli.

II

Les rebelles disaient : « Il faut de l'esclavage,
En recouvrant nos droits, sortir victorieux ;
De notre nation, avec force et courage,
Relever l'édifice autrefois glorieux.

* « L'ordre règne à Varsovie. »

Voici qu'à l'occident brille cette lumière
Dont nous avons perdu la céleste clarté,
Dont le Christ apporta l'étincelle première,
Qu'on salue aujourd'hui du nom de liberté.

Liberté! liberté! Polonais, tous ensemble,
Courant au même but, à ce cri levons-nous;
Qu'en face du danger l'espoir qui nous rassemble
Soit un gage certain d'un avenir plus doux.. »

III

Ils disaient; mais, hélas! sous le feu des batailles,
Dans des combats obscurs, ces héros sont tombés;
Leur pays a du moins reçu leurs funérailles,
Et leurs fronts sous un joug ne seront plus courbés.

Ils disaient; mais, hélas! bien loin de leur patrie,
D'odieux ennemis constamment escortés,
Dans des steppes déserts, jusques en Sibérie,
Les débris de ce peuple ont été transplantés.

XVII

PRÉLUDE.

I

Dans mon âme est un feu que la douleur attise,
Qui brûle lentement comme souffle la brise,
Dont chaque impulsion vient grossir le foyer,
    Dont la flamme captive
    Ne tend qu'à déployer
    Son ardeur fugitive.

Bien des fois j'ai pleuré, quelquefois j'ai souri.
Que de transports divers dans mon cœur attendri!
Moins pressés sont les flots expirant sur la grève.
    Qu'importe de souffrir?
    La lutte ne s'achève
    Que lorsqu'il faut mourir.

Entr'ouvrez-moi vos bras, caresses maternelles;
Souvenirs du jeune âge, échos toujours fidèles,
Réveillez ce passé pour moi si plein d'attraits.

Que j'entrevoie encore
Quelques uns des reflets
De ma première aurore.

II

L'homme vit chaque jour par le besoin d'aimer,
Le cierge sur l'autel se laisse consumer,
Notre cœur est un temple ouvert au sacrifice ;
    L'amour est le flambeau
    Sous l'action propice
    Du sublime et du beau.

Des nobles passions il est beau d'être esclave ;
J'aime ce que l'amour exhale de suave
Dans un baiser d'adieu, dans un regard connu,
    Au sein de la famille,
    Sur un front ingénu
    De douce jeune fille.

J'aime l'enthousiasme enivrant un guerrier,
Le hasard des combats pour gagner un laurier,
Tout ce que le malheur enfante d'héroïsme,
    Un peuple à son réveil
    Brisant du despotisme
    L'odieux appareil.

J'aime l'ombre du soir semant la solitude,
Quelques pensers enfin libres de servitude,
Des rêves de bonheur au pied du vieux rocher,
          Où, sans craindre la Parque,
          L'intrépide nocher
          Vient amarrer sa barque.

J'aime des bois touffus parcourir les sentiers,
Et cueillir une rose aux branches d'églantiers ;
J'aime voir le ruisseau s'égarer dans la plaine,
          Lorsque l'aurore en pleurs
          Vient, par sa douce haleine,
          Donner la vie aux fleurs.

J'aime du champ des morts ce glacial silence,
Dont le doigt décharné montre de l'opulence
Les ossements blanchis pourris dans les tombeaux,
          De grandeur et de fange,
          De funèbres lambeaux,
          Un singulier mélange.

Et l'homme à son Auteur par la prière uni,
Et la chaîne de feu de l'Immense au fini,
J'aime tout ce qui lie à Dieu ses créatures.

Le douloureux concert
De sanglots, de murmures,
Qui monte du désert.

III

Ils m'ont dit en secret, ceux que l'or favorise :
« Jouis de nos festins, voici la coupe, et puise. »
Moi, trahir mon serment ! Seigneur, veille sur nous ;
        Permets à ta clémence
        Que j'implore à genoux
        D'éclairer leur démence.

Ils m'ont dit en secret, ceux que ronge l'orgueil :
« Viens chanter avec nous, tout meurt dans le cercueil. »
Moi, renier ma foi ! Toujours chante, ma lyre,
        Sur les modes pieux
        Que le Calvaire inspire
        Aux cœurs religieux.

LIVRE SECOND.

I

LE MOUVEMENT RÉVOLUTIONNAIRE.

L'Europe entière se soulève,
Criant : Vive la liberté !
Les peuples brandissent un glaive
Et demandent l'égalité.
Pourquoi des c'ameurs aussi fortes ?
Où vont ces nombreuses cohortes
Qu'anime le feu des combats ?
Quel souffle a pénétré les masses ?
On les voit semant sur leurs traces
Des ruines et le trépas.

La·mort serait-elle féconde ?
Et le sang à flots répandu
Doit-il régénérer le monde .
Sur un abîme suspendu ?
Nous dormons au sein de l'orage,
Comme enveloppés d'un nuage
Qui nous voile les temps futurs ;
Mais le volcan déjà s'entr'ouvre,
Et l'œil avec effroi découvre
Le secret de ses flancs obscurs.

Peut-être qu'une ère nouvelle
Va resplendir sur l'occident,
Et que sa lumière étincelle
Sous les feux d'un soleil ardent.
Car voyez : la nue argentée,
De reflets rouges tachetée,
N'a plus son azur radieux ;
Dans l'air semble gronder la foudre
Qui répand une odeur de poudre
Et donne le vertige aux yeux.

O liberté ! faut-il descendre
T'arracher du sein du chaos,
Réduire les cités en cendre,

Ou te chercher au fond des flots ?
O liberté! n'es-tu qu'un spectre,
Au nom duquel on brise un sceptre,
On brûle les palais des rois ?
Liberté! n'es-tu qu'un fantôme
Qu'en bouleversant un royaume
On invoque au mépris des lois ?

La liberté, c'est le génie
Qui veille au sort des nations,
Le gage de paix, d'harmonie,
Sorti des révolutions.
Des peuples elle est la lumière;
Toujours ferme, jamais altière,
Elle fait trembler l'oppresseur.
Nous tendant une main propice,
Près d'elle marche la Justice,
Qui l'appelle du nom de sœur.

Son règne est venu sur la terre,
Les hommes ne l'ont point compris;
Ils se sont dit : « Faisons la guerre,
On ne triomphe qu'à ce prix ;
Des trônes frappons les esclaves,
Et nous briserons les entraves

Qui retiennent nos pas craintifs. »
Mais cette sauvage énergie
Dans le gouffre de l'anarchie
Les plonge enchaînés et captifs.

II

QU'EST-CE QUE LA GLOIRE?

Bientôt tout fuit et tout s'efface ;
Le temps avec rapidité
Entraîne tout ce qu'il embrasse ;
L'homme meurt sans laisser de trace,
Dieu seul est dans l'éternité.

Courez au-devant de la gloire,
Invoquez les siècles futurs,
Et vous obtiendrez de l'histoire
Une page en votre mémoire
A travers ses récits obscurs ;

Une page qui fera dire
Que vous êtes un insensé,
Qu'un enfant arrache et déchire,
Qu'on relègue, au lieu de la lire,
Parmi les fables du passé ;

Une page qui pourra vivre
Autant que vit un monument,
Qu'un blason gravé sur le cuivre,
Que vivent les feuillets d'un livre,
L'espace d'un petit moment.

Même tous les siècles ensemble
Ne sont rien dans l'immensité ;
Bien moins que la feuille qui tremble,
Que le vent dessèche et rassemble
Dans quelque sillon écarté ;

Moins qu'un sourire délectable
Qui vient consoler nos ennuis ;
Moins qu'une fiction aimable,
Que le plus léger grain de sable,
Que les songes vagues des nuits.

Lorsque tout périt sans remède,
Peut-on compter sur l'avenir,
Lorsque le jour au jour succède,
Que Dieu dans ses secrets possède
Un instant où tout doit finir?

III

LA FOI, L'ESPÉRANCE ET LA CHARITÉ.

I

Conduite par la Foi, sa divine compagne,
La Raison cheminait vers la sainte montagne
D'où descendent ces flots où s'abreuve l'esprit;
La chaire était l'autel, le docteur Jésus-Christ.
On ne tolérait plus au milieu du portique
Les rêves de l'athée et l'orgueil du sceptique,
Et le champ de l'erreur était abandonné.

En face du mystère humblement prosterné,
Le sage vénérait la parole d'un maître ;
    Moins fier, l'homme charnel,
    Sans bafouer le prêtre,
    Adorait l'Eternel.

    Hélas ! charmant délire,
    Qui me transporte encor,
    Je rêvais sur ma lyre
    Aux jours de l'âge d'or.

II

Ces mots en traits de feu : « Tout n'est que sacrifice, »
Annonçaient ici-bas le règne de justice,
L'épreuve avant d'atteindre au céleste séjour,
Un exil prolongé de souffrance et d'amour.
De la faiblesse humaine on déplorait l'abîme,
Et l'homme, s'avouant n'être qu'une victime,
Couvrait son front de cendre avec humilité ;
Mais aussitôt l'éclat de l'immortalité
Sur sa tête imprimait une belle auréole.

Et d'un espoir divin,
D'un espoir qui console
Entourait son destin.

Hélas ! charmant délire,
Qui me transporte encor,
Je rêvais sur ma lyre
Aux jours de l'âge d'or.

III

Chacun pouvait frapper à la porte opulente,
Demander un asile à la hutte indigente ;
Partout un même accueil invitait l'étranger
A s'asseoir au foyer, ensuite à partager
Ou le repas frugal, ou le feu qui pétille,
Quand l'hiver rétrécit le cercle de famille.
Ce précepte que Dieu fit d'aimer son prochain
Etait l'unique loi de l'heureux genre humain ;
Le riche aimait le pauvre, et le pauvre le riche ;
Sous ses haillons épars,
La honte qui s'affiche
Evitait les regards.

Hélas ! charmant délire,
Qui me transporte encor,
Je rêvais sur ma lyre
Aux jours de l'âge d'or.

IV

BILLET A UN AMI.

Cher ami, laisse-moi t'ouvrir mon cœur ; écoute.
Puisque Dieu de douleurs a parsemé ta route,
Et qu'il veut t'abreuver d'amertume et de fiel,
Qu'il éprouve ta foi, sonde ton espérance,
Redoublant, comme à Job, tes heures de souffrance,
A tes lèvres n'offrant qu'absinthe au lieu de miel ;

Puisque dans ton soleil passent des vapeurs sombres,
Que tes jours les plus beaux ont de funestes ombres,
Et que ceux qui t'aimaient paraissent t'oublier,
Je veux prendre ma part du malheur qui te touche,
Autour de toi braver toute haine farouche,
Contre tes ennemis être ton bouclier.

V

LA RONDE DES FEMMES SOULIOTES,

OU LE FANATISME MUSULMAN.

I

Mes sœurs, entendez-vous ces hourras frénétiques ?
Nos têtes ont manqué dans les murs de Souli ;
Le Sultan les réclame, et des Turcs fanatiques
Viennent nous égorger par les ordres d'Ali.

Ces cruels Albanais, dont les clameurs effrayent
Les aiglons descendus des sommets de l'Athos,
Ensanglantent au loin le chemin qu'ils se frayent :
Ils n'ont plus devant eux Botzaris et Photos.

S'il ne faut que du sang à leur soif de vengeance,
Ils pourront nous frapper. Spectacle plein d'horreur !
Des femmes, des enfants sont livrés sans défense
Aux glaives acérés qu'aiguisa leur fureur.

Mais le vizir demande une rançon infâme :
La mort serait trop douce aux filles des chrétiens ;
Elles ont vu tomber sous le fer et la flamme
Leurs frères mutilés, leurs uniques soutiens.

L'Ottoman nous promet sur un riant rivage
Des plaisirs variés dans le fond d'un sérail,
Des palais où s'abrite un hideux esclavage,
Des couronnes de fleurs, un collier de corail.

Non, nous saurons mourir, et puisque l'heure approche,
Qu'un chant de liberté soit nos derniers adieux ;
Que nos membres, broyés sur cette sombre roche,
Repaissent des vainqueurs les regards odieux.

Les ondes du Vardar roulent avec furie
Dans le gouffre béant qui nous ouvre son sein ;
Ensemble commençons l'hymne de la patrie
Et la danse funèbre en nous donnant la main.

II

Aux armes, Pallikares !
Au son du cor volez
Repousser les barbares
De nos champs désolés.

Leurs épais bataillons inondent nos campagnes ;
Mais qu'ils tremblent : voici le Klephte des montagnes
Qui bondit frémissant.
Rien n'arrête ses pas ; dans sa course intrépide,
Il est aussi rapide
Que l'éclair jaillissant.

Sa carabine est meurtrière,
Sa lance aime boire le sang ;
De sa dague aux Tchoudars il déchire le flanc
Et les couche dans la poussière.

O lâches Musulmans, vous fuyez devant lui ?
Pourquoi fuir aujourd'hui ?

Jetez comme autrefois votre cri de victoire,
Vous qui mettez la gloire
A semer sur vos pas mille débris épars
Consumés par les flammes,
A tuer sans pitié des enfants, des vieillards,
A suspendre des femmes
En triomphe à vos chars.

Aux armes, Pallikares !
Au son du cor volez
Repousser les barbares
De nos champs désolés.

Levez-vous, braves Armatoles,
Sous la bannière de la Croix,
Et, déployant ses banderoles,
Marchez à de nouveaux exploits.

Au centre de bataille,
A l'abri des canons regorgés de mitraille,
Le Croissant resplendit ;
Mais, malgré ses sectaires,
Et les fiers janissaires,
Sous vos coups tombera cet étendard maudit.

Oui, dans ses plis flotte la honte,
En face jamais il n'affronte
Avec audace le péril ;
De l'infamie il est l'emblème,
Puisque, pour le Divan lui-même,
Se parjurer vingt fois n'est qu'un jeu puéril.

Aux armes, Pallikares !
Au son du corps volez
Repousser les barbares
De nos champs désolés.

Allons, fils des Hellènes,
Unissez vos efforts ;
Et, secouant vos chaînes,
Vous ferez dans Athènes
Eclater vos transports.

La patrie en deuil vous convoque ;
Guerriers, vous devez la venger.
Sur elle assez longtemps, d'un poids qui la suffoque,
Pèse le joug de l'étranger.

Un rayon d'espérance
Du jour de délivrance
Annonce le soleil ;
Son char déjà s'avance :
Réglez votre vengeance
Sur l'heure du réveil.

Aux armes, Pallikares !
Au son du cor volez
Repousser les barbares
De nos champs désolés.

III

L'hymne était achevé ; ce fut un long silence...
Les femmes de Souli déjà n'existaient plus.
Sur la montagne en vain le soldat turc s'élance,
Le cimeterre au poing, poussant des cris confus.
Des rochers couvrent seuls la montagne isolée ;
Il cherche... mais qu'ont vu ses yeux étincelants ?
Le torrent qui mugit au fond de la vallée
Rouler parmi ses flots des cadavres sanglants.

VI

SEUL.

Vivre seul de souvenir,
Et pas un ami qui vienne
Dans sa main serrer la mienne,
Et dont le regard soutienne
Ma marche vers l'avenir.

Seul dans la foule inquiète,
Seul pour aimer et bénir,
Rêveur et baissant la tête,
Il faut savoir contenir
Plus d'une douleur secrète,

Seul, et toujours seul, fournir
Une pénible carrière,
Et dans l'ombre et la poussière
Chercher en vain la lumière
Sans pouvoir y parvenir.

VII

SOUFFRANCES MORALES.

Serais-je donc l'objet des vengeances divines ?
Croyant cueillir des fleurs, je cueille des épines ;
Ma vie à son début aux tourments me livra ;
  Dévoré de tristesse,
  Le chagrin m'enivra
  D'une funeste ivresse.

Le râle de la fièvre a séché mon palais ;
A ce calme apparent dans lequel je vivais
Succèdent les transports d'un pénible délire,
  Et le lit de douleurs
  Où lentement j'expire
  Est baigné de mes pleurs.

Jusques au fond j'ai bu du calice la lie.
Comme s'il était pris d'un accès de folie,
Mon esprit torturé s'agite avec effort ;

Son angoisse est extrême ;
En maudissant son sort
Il brave le ciel même.

Des rires du méchant sur ma tête vomis,
De ses lâches fureurs, de ses traits ennemis,
Décochés par milliers, malheureuse victime !
Pour me faire périr,
Ce n'est partout qu'abîme,
Et je ne puis mourir.

Vide comme un désert, mon cœur en vain s'afflige,
A vivre délaissé l'égoïsme l'oblige ;
Ses soupirs méconnus ne trouvent point d'échos.
Tel est un bruit de chaînes
Effleurant des cachots
Les dalles souterraines.

Ah ! périsse mon jour ! qu'il reste enseveli
Sous les voiles obscurs d'un éternel oubli !
Périsse ma mémoire, et puissé-je descendre,
Libre de tous ces fers,
Dans la terre où ma cendre
Dois repaître les vers !

VIII

LA FORTUNE.

Pouvait-on, Alidor, être plus fortuné?
Le destin te sourit, tu parais étonné.
Notre vie est un drame, et la terre un théâtre;
L'homme en scène, jouant comme roi, comme pâtre,
Comme chef, comme esclave, y remplit tour à tour
Milles rôles nouveaux répartis chaque jour.
Qui marche irrésolu, toujours craint, jamais n'ose,
Au premier coup de vent à succomber s'expose,
Ainsi qu'un frêle esquif trop éloigné du port,
Qu'une feuille arrachée à son faible support.
La fortune dédaigne un cœur lâche et timide;
Elle sourit au brave, au courage intrépide.
Il faut toujours veiller, toujours être debout;
Mais qui peut espérer la servir à son goût?
Elle est capricieuse, ah! mon cher, la fortune;
Un soupir nous l'attire, un soupir l'importune.

Elle a des traits cachés au fond de son carquois,
Qui n'épargnent personne et sont bien peu courtois.
Bizarre déité, fantôme, ange, chimère,
Sur les bords de sa coupe est une lie amère.
Propice et favorable envers quelques mortels,
De combien d'entre nous le sang teint ses autels !
L'un, sous le nom de gloire, à la suivre s'attache ;
Ardent et téméraire, à son casque un panache,
Une épée à la main, invoquant ses regards,
De combats en combats il brave les hasards.
L'autre moins généreux, sous le nom de richesse,
A l'acquérir se voue, et, spéculant sans cesse,
D'un sordide intérêt fait mouvoir les ressorts,
Creuse, fouille et veut tout convertir en trésors.
Celui-ci, que l'amour par ses liens enchaîne,
Dépose dans son sein le secret de sa peine,
L'appelle pour calmer ses nombreux déplaisirs,
Lui demande en pleurant l'objet de ses désirs.
Jalouse ambition la flatte, la courtise ;
Avarice cupide, ardente convoitise,
Toutes les passions, filles du cœur humain,
Vont autour de son char s'entredonner la main.
Qu'on la nomme bonheur, sort, étoile, aventure,
Chance, fatalité, qu'importe sa nature ?
D'elle-même chacun juge par les appas

Dont, follement épris jusqu'au jour du trépas,
Elle sait nous séduire, aimable enchanteresse,
En nouant sur nos yeux le bandeau de l'ivresse.
Erudite dans l'art du sexe féminin,
De charmes embellie, un air faux et bénin,
Cette amante volage, infidèle et folâtre
Fait son triste jouet du cœur qui l'idolâtre.
Semer l'illusion est son principal but ;
L'inconstance toujours fut son noble attribut.
Ou plutôt, cher ami, cette fortune avare,
Et que dans ses faveurs l'on dépeint si bizarre,
N'est, du moins je le crois, qu'un simple résumé,
Qu'une riche figure, un symbole animé
De ces états divers par lesquels l'homme passe,
Tandis qu'il se débat dans le temps et l'espace.
Cette vie un instant sait plaire et cajoler ;
L'espérance nous donne une aile pour voler,
Tout plaisir un attrait qui vers lui sollicite,
La douleur des leçons qu'aucun mortel n'évite.

IX

LE RÉVEIL DES NATIONALITÉS.

I

Gloire au siècle fécond qui vit naître l'aurore
Annonçant le réveil de vingt peuples divers ;
Où l'opprimé, malgré le tyran qu'il abhorre,
    Ose briser ses fers ;
Où, réclamant leurs droits, des nations entières
    Déroulent leurs bannières
    Et marchent au combat,
Afin de s'arracher à la puissante étreinte
    Qu'exerce par la crainte
    Un jaloux potentat !

Car, s'il faut déplorer ces doctrines nouvelles,
Que de fougueux tribuns voilent d'illusions,
Pour pouvoir les jeter, comme des étincelles,
    Au vent des passions,

Il est beau d'admirer ce que peut l'héroïsme
Contre le despotisme
Qui cherche à l'étouffer,
Ou ce que peut tout seul contre la barbarie
L'amour de la patrie
Lorsqu'il veut triompher.

II

C'est ainsi que la Grèce un jour s'est réveillée,
Victime qui râlait sous la main d'un pacha.
Son vainqueur fanatique, après l'avoir souillée,
Au gibet l'attacha.
Il croyait l'immoler à ses honteux caprices,
Par de cruels supplices
La noyer dans le sang ;
Mais les héros chrétiens ont chassé l'infidèle,
Et la Croix immortelle
Domine le Croissant.

C'est ainsi qu'à son tour enfantant une armée,
De ses guerriers formant un corps de légions,
L'Italie a conquis sa place supprimée
Parmi les nations.

L'étranger possédait ses plus riches provinces :
    Elle voyait ses princes
    Vassaux de l'ennemi ;
Alors, prenant soudain l'union pour devise,
    Elle a posé l'assise
    D'un pouvoir affermi.*

Ainsi le peuple belge a bravé les Bataves
En secouant leur joug, ouvrage d'un congrès ;
Ainsi tombe aujourd'hui le trafic des esclaves,
    Mis au ban du progrès.**
Ne voit-on pas encore, au courage héroïque
    De la jeune Amérique,
    L'Europe tressaillir ?
Et ne dirait-on pas qu'un peu de cette vie
    Sur l'immobile Asie
    Est venu rejaillir ?

Seule, avec ses bourreaux qui hâtent son martyre,
La Pologne, debout au milieu des tourments,
Doit s'incliner joyeuse, au gracieux sourire
    Des Czars doux et cléments.

---

* Il s'agit encore ici du triomphe de l'Italie sur la domination
étrangère.

** Lutte des Etats-Unis.

Mais son heure viendra : dans ses cités en cendre
Accourront redescendre
Tous ses fils dispersés,
Tandis que l'oppresseur, redoutant leur poursuite,
Maudira, dans sa fuite,
Ses projets renversés.

III

O France, gloire à toi ! car les œuvres sublimes,
Que ce siècle fécond voit germer et grandir,
Eclosent au soleil qui toujours sur tes cimes
Commence à resplendir.
Le Français généreux, dans toute noble cause,
Quand aucun peuple n'ose,
Intervient s'il le faut ;
Au moment du péril, à la valeur trompée
L'appui de son épée
Ne fait jamais défaut.

4.

X

NOUS SOMMES FAITS POUR LES LARMES.

Que ton âme s'épanouisse
Au souffle flatteur d'un désir;
Que ton cœur palpite et jouisse
Aux enivrements d'un plaisir.

Toute joie a son amertume,
Chaque douceur son fiel amer;
Petits ruisseaux ont leur écume
Comme les vagues de la mer.

Qu'une rayonnante allégresse
Vienne se peindre sur tes traits;
Qu'une vive et brûlante ivresse
Te fasse oublier des regrets.

Homme superbe, homme frivole,
Le bonheur n'est pas fait pour toi ;
Sous forme d'espérance, il vole
Devant ton regard plein d'émoi.

En vain tu cherches à l'étreindre :
Marche toujours, encore un pas,
Et tu vas, sans jamais l'atteindre,
D'espoir en espoir au trépas.

Le premier baiser qu'on t'imprime
Est pour faire cesser tes pleurs ;
Le dernier souris qu'on t'exprime
Est pour soulager tes douleurs.

Ce monde dont l'éclat t'enchante,
Faible et dépouillé te reçoit,
Et le sein où l'amour t'enfante
Dans la souffrance te conçoit.

Le triste jour qui te voit naître
T'annonce de rudes travaux,
Celui qui te voit disparaître
N'est que la fin de mille maux.

XI

LA VIE EST UN COMBAT.

Qu'il est doux de mourir et de quitter ce monde,
Quand notre cœur n'a plus d'écho qui lui réponde,
Quand le malheur a fait le vide autour de nous !
Pourquoi rester encore à gémir sur la terre,
Si, parmi les vivants, on s'en va solitaire
Sur des tombeaux pleurer ou prier à genoux ?

Qu'elle est triste parfois la part qui nous est faite !
Le calme de nos jours, troublé par la tempête,
A des flots de la mer le flux et le reflux.
La vase du dégoût remplit l'âme et déborde ;
Lassé de vivre, on crie à Dieu : « Miséricorde !
Assez d'une existence où le bonheur n'est plus,

Où l'égoïsme étroit qui règne dans la foule,
Comme un reptile immonde, autour de nous s'enroule,

Nous enlace des nœuds de ses plis et replis,
Et, minant par degrés toute noble énergie,
Brise dans leur essor les élans du génie,
Sous son linceul glacé nous tient ensevelis. »

Mais, pour l'homme, souffrir est une loi suprême
Qui pèse sur son front comme un lourd anathème,
Et dont il doit subir le joug humiliant ;
Frappé dans son orgueil par une main divine
Qui lui traça sa voie et toujours le domine,
Il est tombé vaincu, détrôné, suppliant.

L'exil de cette vie au désert est semblable ;
L'avenir n'est pour nous qu'une plaine de sable
Dont quelques oasis cachent l'aridité ;
Le pauvre voyageur un instant s'y repose,
Puis rentre dans l'arène, et de nouveau s'expose
Aux feux contre lesquels il s'était abrité.

Dans la lutte, malheur à qui se laisse abattre !
Avec courage il faut avancer et combattre,
Se soumettre à son sort sans reculer d'effroi ;
Plus fort que le dégoût, plus fort que l'égoïsme,
Par l'abnégation atteindre à l'héroïsme
En puisant de la force aux sources de la foi.

XII

L'AVENIR ET LE PASSÉ.

Amis, ne cherchons point à sonder l'avenir,
Laissons notre vaisseau voguer à pleines voiles :
Il vaut mieux du passé garder le souvenir
Qu'interroger au ciel la lueur des étoiles.

Elles brillent le soir et jamais le matin,
Leur course dans l'éther chaque saison varie ;
Celle que nous croyons cacher notre destin
Déjà tourne son char vers une autre patrie.

Ces astres vagabonds, qui se meuvent entre eux,
Sont liés par des lois fatales, nécessaires,
Et sans craindre les vents, les écueils dangereux,
Dans un espace libre ils décrivent leurs sphères ;

Tandis que nous marchons, esprits irrésolus,
Entre la vérité, le néant et le doute,
Qu'il arrive parfois que nous ne croyons plus,
Tellement que la nuit se fait sur notre route.

L'horoscope trompeur n'est l'arbitre du sort
Que parce qu'il sourit à notre espoir crédule ;
Mais s'il nous faisait lire au livre de la mort,
Serions-nous les jouets d'un orgueil ridicule ?

Amis, ne cherchons point à sonder l'avenir,
Laissons notre vaisseau voguer à pleines voiles :
Il vaut mieux du passé garder le souvenir
Qu'interroger au ciel la lueur des étoiles.

XIII

L'ÉGOISME.

Il semble qu'en ce monde on devrait être à l'aise,
Et cependant partout un pénible malaise
Comme sous un fardeau tient les hommes courbés.
Au début de la vie, ils marchent absorbés
Déjà par des soucis, des ennuis et des peines :
On dirait des captifs qui vont traînant leurs chaînes,
Et n'ont dans l'avenir pour unique horizon
Que le lugubre aspect des murs d'une prison.

En de vagues désirs leur ardeur se consume ;
Dans leurs cerveaux étroits la soif de l'or allume
Des besoins de jouir sans cesse renaissants.
Pour atteindre leur but, que d'efforts impuissants,
De sourdes trahisons, de cabales, de brigues,
De combats sans merci, de secrètes intrigues !
Tous les moyens sont bons, le devoir un vain mot,
Et celui qui le suit ne peut être qu'un sot,
Qu'un esprit timoré qu'arrêtent des scrupules,
Qui croit aux préjugés, aux vertus ridicules.
Quand l'intérêt commande, il convient d'obéir ;
Les craintes devant lui doivent s'évanouir.
Par le succès toujours l'œuvre est justifiée ;
La morale à l'argent tombe sacrifiée.
Les degrés ne sont rien ; plutôt que de fléchir,
Quand un obstacle gêne, on doit s'en affranchir.
Il faut chasser au loin la misère importune,
Ne se laisser bercer qu'au vent de la fortune.
C'est un crime, après tout, que d'être malheureux.
Puis le citoyen pauvre est souvent dangereux ;
L'opulence l'offusque, on le voit qui s'agite,
Et de son dénûment veut se faire un mérite ;
Le secourir alors, c'est l'exciter au mal,
Et la pitié devient un remède fatal.
Ainsi faiblir au point que de rendre un service,

C'est manquer d'énergie et patronner le vice.
Ce principe en vigueur, ayant force de loi,
Qu'on formule en disant : « Aujourd'hui tout pour soi ; »
Ce principe bientôt gouvernera le monde.
Il germe promptement, sa semence est féconde ;
Il est facile, hélas ! de juger de ses fruits,
D'apprécier au fond les résultats produits.
L'humanité souffrante étale son histoire
Sous de telles couleurs, qu'on a peine à le croire.
Ls soleil chaque jour éclaire des tableaux
Que n'osent retracer les plus hardis pinceaux.
Montez ou descendez l'échelle sociale,
Dévant vous se déroule une misère égale,
Non celle qui consiste à demander du pain,
A dire dans la foule : « Ayez pitié, j'ai faim ; »
Mais une autre misère encore plus hideuse,
Et qui, comme un fléau, devient contagieuse,
Entraîne les esprits à chercher le bonheur
Dans l'oubli du devoir et des lois de l'honneur,
A faire de la vie une science aimable
Qui puisse procurer le plus de *confortable*,
A n'avoir aucun frein, et mettant tout en jeu,
Jusqu'à nier, s'il faut, et sa mère et son Dieu,
Se couvrir d'infamie, épuiser à mesure
Toutes les lâchetés qu'enferme le parjure.

XIV

PROMENADE DU SOIR.

I

De la route creusée au flanc de la colline
Venez suivre, le soir, les détours sinueux,
Comme le pélerin qui lentement chemine
Et s'appuie en marchant sur un bâton noueux.

L'ombre s'étend déjà sur toute la campagne,
De nuages vermeils les cieux sont diaprés ;
Les champs en un tableau, par la haute montagne
Avec ses sapins noirs, paraissant encadrés.

Sous les vieux châtaigniers abritant leurs toitures,
S'offrent de loin en loin quelques hameaux épars ;
Dans le vallon étroit et par de sourds murmures
Se trahit le torrent qui se cache aux regards.

II

L'usine, dont les eaux font mouvoir le rouage,
Vient d'allumer ses feux, reflétés à l'entour.

« L'atelier ferme tard et s'ouvre avant le jour : »
Ce mot des travailleurs est devenu l'adage.

Une longue journée emprunte sur la nuit
Des heures que réclame un repos nécessaire ;
L'industrie a ses lois, et l'ouvrier poursuit,
Dans ces rudes labeurs, un modique salaire.

Assis à son foyer, le laboureur content,
Sous la faible lueur d'une lampe fumeuse,
Prend un repas frugal, et sa famille attend
Qu'il assigne à chacun sa tâche rigoureuse.

Car demain les travaux doivent recommencer :
Ainsi le lendemain à la veille est conforme ;
Notre vie est un cercle où, croyant avancer,
Nous tournons seulement sur un axe uniforme.

De la côte opposée, à gravir le chemin
S'efforce doucement un rustique attelage ;
Le bouvier attardé sur ses bœufs fait usage
De l'aiguillon qu'il tient et brandit dans sa main.

III

Mais l'ombre qui descend laisse voir les étoiles
Resplendir par milliers dans un bleu firmament ;
C'est un immense écrin, découvert et sans voiles,
Dont chaque pierre lance un feu de diamant.

Voici qu'à l'horizon montent des vapeurs blanches ;
Un souffle les rassemble, on les voit tournoyer,
Imiter d'un glacier les lourdes avalanches,
Sous la forme d'un monstre aux yeux se déployer.

C'est ainsi que parfois monte un flot de pensées
Dans l'âme qui s'émeut et se remplit de pleurs ;
Vous vous sentez battu par leurs vagues pressées,
L'avenir n'a pour vous que de sombres couleurs.

Vous portez inquiet tout le poids d'un orage,
Puis le fardeau toujours semble s'appesantir,
Lorsque, le calme enfin se faisant ressentir,
Le malaise s'enfuit :... ce n'était qu'un nuage.

XV

QU'EST-CE QUE L'HOMME POUR S'ENFLER D'ORGUEIL?

Une lampe chancelante
Comme la foi d'un mortel
D'une lueur vacillante
Environne ton autel ;
Mais mon amour te contemple
Au sanctuaire d'un temple
Bornant ton immensité,
Seigneur, qu'un enfant implore,
Quoique l'archange n'adore
Qu'en tremblant ta majesté.

Que suis-je? un peu de poussière.
Ta parole en me créant
M'amena vers la lumière
Des profondeurs du néant ;
Par ta volonté j'existe,
A chaque instant je subsiste

Par ta main qui me conduit.
Ton empire est sans limites,
Mais à des bornes prescrites
L'homme impuissant est réduit.

Que peut-il dans sa détresse,
Sinon gémir et pleurer,
Reconnaître sa faiblesse,
En ta clémence espérer ?
Et pourtant, quelle folie !
Le voit-on pas qui s'oublie
Jusqu'à mépriser ta loi,
Se déifier lui-même,
Au plus absurde système
Vouer son âme et sa foi ?

Sa superbe vaine, abjecte,
Qu'il ose appeller raison,
De vices grossiers l'infecte
Et le nourrit de poison.
Il croit gouverner le monde,
De la nature féconde
Jouir en maître absolu ;
Mais il croupit dans la fange ;

Et s'il est fier tel qu'un ange,
C'est tel qu'un ange déchu.

Pour lui le bonheur consiste
A se gorger de plaisirs,
A ce que rien ne résiste
Au torrent de ses désirs.
De l'erreur suivant la voie,
Il n'éprouve d'autre joie
Qu'à vivre d'illusions ;
Pour lui point de sacrifices,
Toujours de nouveaux caprices,
De nouvelles passions.

« Je veux, dit-il, être libre.
Qui pourra me condamner ?
Est-il une seule fibre
Qu'en moi l'on puisse enchaîner ?
Ma raison sera mon guide,
Et, marchant d'un pas rapide,
Je poursuivrai mon chemin. »
Et le voilà dans sa course
Qui, sans appui, sans ressource
Ne peut atteindre à sa fin.

Mon Dieu, que je sois plus sage;
Que, fidèle à mon devoir,
Toujours je te rende hommage,
Toujours j'aime ton pouvoir.
Permets encor qu'à cette heure
Bien souvent dans ta demeure
Je vienne m'agenouiller;
Que, m'inclinant sur ces dalles,
Je vienne par intervalles
De mes larmes les mouiller.

FIN.